거짓의 조금

거짓의 조금

유 진 목

책읽는수요일
Books on Wednesday

나는 열여덟 살에 처음으로 집을 떠났다. 그때부터 혼자서 많은 일들을 해결해야 했다. 열아홉 살에는 문예반 활동을 하며 쓴 시가 상을 받아서 느닷없이 대학에 합격했다. 대학은 아주 비싼 곳이었고, 나는 늘 돈이 없어서 자유롭지 못했다. 스물일곱 살에는 대학을 졸업하고 영화 일을 시작했다. 내가 일한 첫 영화의 감독은 6개월 동안 일을 시키고서 20만 원을 내게 주었다. 나는 그가 잘 되기를 바란 적이 단 한 번도 없다. 서른다섯 살에는 몸이 아팠다. 사나흘에 한 번씩 병원에 가서 영양제 주사를 맞으며 일하다가 크랭크인 하루 전에 그만두었다. 그때 같이 일하던 조감독을 보지 않게 되자 몸이 아픈 것도 점차 나아졌다. 그해 나는 손문상과 쿠바를 여행했고, 이듬해 우리는 서울을 떠나 제주로 이사했다. 그때 내가 가진 것은 300만 원이 전부였다. 손문상은 매일 아침 여섯 시에 일어나 오후 다섯 시까지 집 짓는 일을 하고 일당으로 15만 원을 받았다. 마흔 살에는 그만 살고 싶었지만 실패했다. 혼자 살고 있었다면 죽는 일에 실패하지 않았을 것이다.

나는 내가 죽고 싶다는 생각을 조금만 하면 좋겠다. 앞으로 스무 번은 더 바다 수영을 하면 좋겠다. 아직 가보지 못한 나라에 도착하면 좋겠다. 거기서 만난 사람이 내가 모르는 언어로 말해도 그 뜻을 이해하면 좋겠다.

나는 내가 음식을 허겁지겁 먹지 않았으면 좋겠다. 나는 내가 천박한 사람과 악다구니를 하며 싸우지 않았으면 좋겠고, 더 많은 것을 가지려고 자유를 포기하지 않았으면 좋겠다.

나는 내가 손문상을 오랫동안 사랑하면 좋겠다. 손문상이 죽어도 좋을 때까지 살다가 나도 죽었으면 좋겠다.

2021년 6월,

유 진 목

목 차

거짓의
조금

•

도시에서 새를 구한 적이 있다.

처음에 새는 죽은 것처럼 보였다.

도시에는 다시 돌아가지 않을 것이다.
새는 정신을 잃은 것 같았고

도시는 무엇이든 많은 것을 요구하는 곳이었다.
가진 것을 다 주어야 도시에 겨우 있을 수 있었다.

나는 손바닥으로 새를 감싼 채 붐비는 보도를 걸어갔다.

새를 만져본 것은 처음이었다.

그리고 3년 뒤 나는 도시를 떠나게 된다.

거기서 새를 구한 걸 아는 사람은 아무도 없었다.

여기 나한테 새가 있어요.

큰 소리로 말하고 싶었다.

마지막으로 도시를 떠날 때
내가 가진 것은 300만 원이 전부였다.

아버지가 사는 곳은 달에서 가깝고
원하면 언제든 달로 옮겨갈 수 있었다.

아버지를 보려면 아버지가 있는 곳으로 가면 되었다.

어머니는 도시에서 아버지를 기다리며 살았다.
그렇게 하는 것이 어머니에게 좋았다.

그때 나는 내가 죽어도 아무도 모를 거라고 확신했다.

아버지는 혹시 알았어요?

내가 오랫동안 비참하고 아무것도 아니었다는 것을

새가 날아갈 때 나는 끝까지 새를 놓치지 않으려고 했다.

멀리서 달이 빛나고 있었다.

•

어제는 저녁 약을 먹는 것도 잊고서 밤 11시가 되었다. 보통 저녁 약을 먹는 시간에서 고작 3시간 정도가 지난 것이지만 바쁘게 있다 보니 약을 먹는 것을 잊었다는 사실이 좋았다.

하지만 집에 있을 때는 약을 잊은 적이 없다. 그러니 평소에 바쁘게 몸을 움직여야 할까? 그러면 저녁에 약을 더 이상 먹지 않게 될까?

모르겠다.

어쨌든 약은 내게 도움을 주는 것이지 해로운 것은 아니다. 내 분노는 약이 아니었다면 멍청한 방식으로 터져 나와서 많은 일들을 망쳐버렸을 것이다.

내 분노는 멍청하다.
무엇이든 이기고 싶어 한다.

이겨서 무엇 하려고?

나의 멍청한 분노로 인해 패배감에 처박힌 사람이 나를 괴롭히려드는 것은 당연한 이치다. 그걸 알면서도 나는 분노하면 기필코 이기려든다. 이기고야 만다. 그러고는 이제 그들이 나를 괴롭힐 궁리를 할까 두려움에 휩싸인다. 두려움이 없는 인간이 되고 싶지만 그런 것은 인간이 아닐 것이다.

나를 내버려둬. 제발.

이 또한 소용없는 바람 아닌지. 타인은 내 뜻대로 움직이지 않는다. 절대로.

•

나는 풀 베는 냄새를 좋아한다. 정확히 말하면 풀을 베는 기구에 넣은 기름 냄새다. 부엌에서 국수를 삶고 김밥을 마는 동안에 마당에서는 풀들이 베어지고 있었다. 아주 오래전 내가 어떤 인생을 살게 될지 조금도 알지 못했을 때 먼 이국에서 나는 저녁이 오는 무렵의 이 냄새를 좋아했다. 사람들을 태운 오토바이가 지나가고 시커먼 연기를 내뿜는 낡은 버스가 지나가면 집집마다 음식을 데우는 냄새에 섞여 미지근한 연기가 집 안을 오래 돌아다니곤 했다.

나는 인생이 나로부터 달아나고 어떤 부분에서는 내가 더 이상 손쓸 수 없이 망가졌다는 생각이 들 때마다 그 시절의 저녁 냄새를 떠올리곤 했다. 그때 모든 것이 끝이 났다면 어땠을까. 나는 미움이라든가 고통 같은 것은 모른 채로 이 삶에 다녀갈 수 있었을 텐데.

가스불 위에서 들썩이는 냄비의 뚜껑을 열면

서 나는 손문상이 제초기를 돌려 풀 베는 소리를 들었다. 그리고 내가 좋아하는 냄새가 열린 창문을 통해 스며드는 것을 알아차렸다.

나는 이런 감정들이 오롯이 인간에게 주어진 축복이라 여긴다. 나무에게도 어떤 감정이 있다면, 나처럼 슬픔이나 기쁨이 들고 나는 것을 어쩌지 못하고 한자리에 오래 서 있기만 한 것이라면 그걸 뭐라고 말할 수 있을까. 나는 그게 너무 무서울 것이다.

•

인생을 처음부터 다시 시작한다면 전혀 다른 직업을 갖고 싶다. 하지만 인생을 처음부터 다시 시작하고 싶지는 않다. 나는 지금 삶에 꽤 만족하고 있다. (나 같은 사람도 인생이 썩 괜찮다고 생각하는데 정말 훌륭한 일들을 해내는 사람들의 기분이란 어떤 느낌일까?)

몇몇 벌레 같은 인간들이 집 안 어딘가를 기어 다니는 것 같은 기분을 빼면 정말이지 다 괜찮게 여겨진다. 그나마 요즘은 벌레들이 많이 줄어들었다. 벌레들을 떨쳐내려고 열심히 약을 쳤기 때문이다. (나는 2년째 우울증 약을 복용하고 있다. 처음에는 자기 전에만 먹었는데 나중에는 하루 네 번으로 늘어났고 지금은 두 번으로 줄었다.)

•

내가 파악한 벌레 같은 인간들은 공통점이 있다. 그들은 인터넷을 정말로 많이 한다.

벌레=인간=인터넷

벌레 같은 인간은 벌레처럼 웅크리고서 휴대폰을 손에 쥐고 인터넷을 본다. 인터넷은 수많은 구석들을 가지고 있다. 인간은 벌레처럼 웅크리고서 구석구석 자리를 잡는다. 그리고 손가락을 움직여 서슴지 않고 거짓말을 한다. 코를 쑤시면서 고상한 책의 구절을 발췌해 코를 쑤신 손으로 타이핑한다. (사타구니를 긁었을 수도 있다.)

내가 제일 싫어하는 부류는 그중에서도 책을 읽다가 울었다는 부류다. 그들은 "오래 울었다"고 쓴다. 그냥 "울었다"고 쓰지 않는다. "울었다. 오래 울었다"고 쓴다. 그러한 반복에서 자신이 쓴 문장에 좀 더 슬픔의 '딥한' 무게가 실린다고 여기는 듯하다.

벌레들은 발췌해 올린 책의 구절을 자신과 동일시한다. 타인의 문장을 자신이라 여기면서 기가 막히게 자신의 자아를 표현하기에 알맞은 책의 구절을 찾아낸다. 대개는 고통과 슬픔과 비탄의 문장들이다. 지금 자신이 그만큼 슬프고 비탄에 빠져 고통스럽다는 뜻이다.

●

그와 달리 "이 책 슬퍼 뒤짐"이라고 쓰는 부류가 있다. 나는 그런 부류를 좋아한다. 어쨌거나 나는 책의 문장을 딱히 인터넷에 올리거나 하지 않는다. 가끔 올릴 때가 있는데 내가 그 책을 읽었다는 것 외에 무슨 의미가 있는지 모르겠다. 그 책의 저자가 '하트'를 누르거나 '팔로우'를 하거나 '리트윗'을 하기도 한다. 그렇다. 트위터 얘기다. 바로 그것을 겨냥해 책의 구절들을 열심히 발췌해 올리는 부류들을 싫어하는 것이다. 그게 왜 싫지? 다들 그렇게 하는데? 별걸 다 싫어하고 지랄.

그러게. 별걸 다 싫어하고 지랄.

●

그럼에도 나는 책을 좋아한다는 구실로 작가들의 눈에 띄고 싶어 하는 부류 중에 벌레 같은 인간이 반드시 있다는 것을 말해두고 싶다. 그런 부류를 각별히 주의해야 한다. 그렇지 않으면 주위에 알을 까고 번식해 여럿이 되어 주변을 기어 다니며 이것저것 갉아먹을 것이다. 뭘 또 그렇게까지. 하지만 당해본 사람은 알 것이다. 그것이 얼마나 끔찍한 일인지. 뭘 또 그렇게까지, 하고서 간단히 넘길 수 없는 일이 되어버린다는 것을.

•

벌레 이야기는 그만하도록 하자. 아니 차차 더 깊이 하도록 하자. 나는 아주 자세히 벌레 같은 인간에 대해 쓸 수 있다. 그리하여 인간 벌레 도감을 만들 수도 있을 것이다. 섬세하고 선한 사람이 아주 약간의 이상한 기운을 감지했을 때 유형별로 찾아보고 앞으로 일어날 재앙을 미연에 방지할 수 있도록 말이다. 하지만 나는 미연에 방지하지 못하고 재앙 속으로 완전히 걸어 들어갔다. 벌레가 득시글한 끔찍한 곳으로. 차마 눈을 뜨고 살 수 없어 하루종일 잠만 잤다. 24시간 중에 20시간은 잔 것 같다. 매일. 거의 1년에 가까운 시간을 자면서 살았다. 설핏 잠에서 깨면 사방에 기어 다니는 벌레들이 보여서 재빨리 다시 잠들었다. 그러면 다 괜찮았다. 나머지 4시간은 내가 꼭 해야 하는 일들을 했다. 다른 사람과의 약속들. 절대로 어길 수 없는 책임이 있는 일들을. 만약 하루에 10시간을 일할 수 있었다면 나는 좀 더 멋지게 나의 책임을 다할 수 있었을 것이다. 그런 점에서 다소 아쉬움을 느낀다. 벌레들 때문에 미진하지만 그런대로 마무리해야 했던 일들에 대해서. 그러나 이제 와 어쩐담. 사람들은 그것이 나의 최선이라고 여길 것이다. 물론 나는 최선을 다했다. 벌레들이 가득한 곳에서. 발끝에서 잽싸게 기어오르는 벌레들을 떼어내면서.

●

멍청한 이들을 상대하는 재미난 방법 중 하나는 잘못된 정보를 정정해주지 않는 것이다. 올바른 정보는 그냥 지나가다 아무렇게나 주울 수 있는 것이 아니다. 하지만 잘못된 정보는 도처에 널려 있다. 아무거나 믿으며 살도록 내버려두면서 멍청한 이들이 지껄이는 한참 틀린 이야기들을 구경하는 재미는 꽤 쏠쏠하다. 그들은 그들 나름의 서사를 만들어 자신의 삶을 살 만한 것처럼 보이게 한다. 실제 그들이 어떤 삶을 사는지는 알 수 없고 알고 싶지도 않다. 잘못된 정보를 진실 혹은 사실로 내버려두고 그 영향 아래 놓인 삶을 살아가게 하는 것. 관대하지 않은 사람의 즐거운 복수 정도가 되겠다. 하지만 멍청한 이들이 잘못된 정보를 가지고 타인을 괴롭히는 데 열심이라면? 멍청한 이들이 지껄이는 멍청한 말들의 목록을 가지고 즉시 가까운 경찰서를 방문하도록 하자.

●

스물한 살 무렵 나는 열 살 정도 차이 나는 대학원생과 결혼을 준비했었다. 그는 홍익대학교에서 태피스트리를 전공하는 대학원생이었고, 교수가 되고 싶어 했다. 나는 그를 인터넷 사진 동호회에서 만났다.

나중에 나의 엄마는 여의도의 한 건물의 지하 상가에 위치한 찻집에서 그의 어머니를 만났다. 그 여자는 나의 엄마를 보자마자 말했다. 어머니는 치열이 고르시네요?

나는 당시 치열이 눈에 띌 정도로 삐뚤어져 있었다. 오른쪽 아랫니가 윗니를 덮었고, 그로 인해 얼굴은 일그러져 보였다. 나는 내 얼굴이 싫었다. 그래서 위쪽 작은 어금니 두 개와 아래쪽 작은 어금니 두 개를 빼고 4년 동안 치아 교정기를 붙이고 있었다. 지금은 윗니가 아랫니를 다행히 덮고 있다. 그러나 턱의 비대칭은 수술로만 교정할 수 있다고 하여 그대로 두었다. 지금 나는 내 얼굴에 대해 그다지 신경 쓰지 않는다. 치아 교정을 하기 전에는 언제나 내 얼굴을 생각했다.

내 얼굴은 그렇고, 그로부터 10년인가 후에 나는 그를 우연히 본 적이 있다. 그는 나를 보지 못했다. 그는 작고 지저분한 곱창집에서 누군가와 술을 마시고 있었다. 여의도의 지하 찻집에서 만난 후 별말 없이 헤어졌다. 아주 간단한 전화통화를 하고서 그도 나도 다시는 서로에게 연락하지 않았다.

나중에 안 일이지만, 수많은 어린 여자들이 가족을 떠나기 위해 잘못된 결혼을 선택한다. 나는 그의 이름을 기억하고 있다. 나머지는 기억이 나지 않는다.

●

가족을 떠나기 위해 결혼을 하는 대신에 나는 집을 떠나 혼자가 되었다. 처음 집을 나온 것은 열여덟 살 때였다. 그 첫날을 또렷이 기억하고 있다. 내가 밤에 잠들지 못하는 것은 바로 그날부터였다. 나는 술을 먹지 않고는 절대로 잠들지 못했다.

•

무엇이든 괴롭히지 않고는 살 수 없는 사람이 있다. 자신이거나, 타인이거나. 동물이거나, 사물이거나.

내가 처음 집을 떠날 때 엄마는 자신과 나를 동시에 괴롭혔다. 나는 엄마를 견디려고 나를 괴롭혔다. 그때 안 것이지만 나는 나를 갖은 방법으로 다양하게 괴롭힐 수 있다.

아빠가 옆에 있었다면 엄마는 아빠를 괴롭혔을까? 아빠가 없어서 괴롭힘이 시작된 것일까? 어느 쪽이든 아빠는 이제 나와 상관없는 사람이 되었다.

나는 열여덟 살에 집을 떠난 후 다시는 돌아가지 않았다. 내 식대로 살다가 부모가 필요한 일이 생기면 거기서 멈추었다. 특히 연애 같은 것은 그래서 곧잘 끝이 났다. 그중에는 내가 정말 많이 좋아하고, 헤어지느라 많은 날들을 슬픔 속에서 보낸 상대도 있다.

결혼식을 올리자면 부모가 없는 사람처럼 더 이상 살 수 없어진다. 물론 부모에게 말하지 않고, 나는 부모가 없다고 하고서, 천연덕스럽게 결혼식을 해볼 수도 있을 것이다. 하지만 그것은 여러 사람을 속이는 일이다. 그래서 나는 헤어졌다. 나는 아무도 속이고 싶지 않았다.

부모와 떨어지기 위해 혼자가 되고, 부모를 만나지 않기 위해 다시 혼자가 되는 삶이 반복되었다.

나는 태어난 것이 싫었다.

나를 태어나게 한 것은 부모였다.

나는 부모가 싫었다.

•

아빠는 어디에 있는지 알 수 없었고, 엄마는 나를 모질게도 괴롭혔다. 내가 아끼는 옷을 가위로 오려서 못 입게 하였고, 자고 있는 나를 마구잡이로 때리며 깨웠다. 그런 뒤 나를 얼마나 싫어하는지 반복해서 이야기했다. 나는 잠결에 두들겨 맞으며 세상에 나를 너무나도 싫어하는 사람이 있다는 것을 질릴 때까지 들어야 했다. 그런 일은 자주 반복되었다.

일요일에는 반드시 엄마와 함께 교회에 가야 했다. 교회에는 내가 전혀 어울리고 싶지 않은 또래 아이들이 있었다. 걔들은 무엇이든 참견했다. 내가 입은 티셔츠가 얼마짜리인지, 가난한 내가 어째서 좋은 구두를 신고 있는지 자신의 부모에게 얘기했다. 그러면 그 애들의 부모가 나의 엄마에게 어째서 내가 좋은 구두를 신고 있는지 물었다. 그래서 엄마는 구두 대신 내 옷을 찢어 없앴다. 구두는 한 켤레밖에 없었기 때문이다. 그게 없으면 나는 학교에

맨발로 가야 했다. 구두는 엄마가 사준 것이었다. 당시 뉴코아 백화점에서 샀던 것으로 기억한다. 나는 그 구두가 좋았다. 뉴코아 백화점에서 산 구두를 신고 있다고 수근대는 아이들은 싫었다. 아이들은 교회와 같았다. 나는 교회가 싫었다. 엄마는 내가 하나님을 믿지 못하게 하는 악마와 교통한다고 했다. 악마와 교통한 자식을 때리는 것은 나쁜 일이 아니었다. 그렇게 해서라도 정신을 차리게 하는 것이 하나님의 말씀을 따르는 일이었다.

●

당시에 나는 용돈을 모아서 산 이스트팩 책가방을 가지고 있었다. 어느 날 교회에 새로 산 이스트팩 책가방을 들고 간 것이 화근이었다. 걔들은 걔들답게 내 가방에 대해 얘기했다. 가난한 내가 어째서 최신 유행하는 가방을 들고 있는지 못마땅한 모양이었다. 하루는 학교를 마치고 집에 왔더니 새로 산 가방이 없었다. 아끼느라 몇 번 사용하지도 않았는데. 엄마는 그것을 교회의 직급이 높은 여자의 아들에게 주었다. 걔는 일요일마다 그 가방을 메고 교회에 왔다.

•

하나님을 찬양하는 피아노도 원래는 나의 것이었다. 내가 고등학생 때의 일이다. 내가 그보다 어렸을 때, 아빠가 집에 있었을 때, 우리 집에는 피아노가 있었다. 피아노는 내 것이었고, 일주일에 한 번씩 피아노를 가르쳐주는 선생님이 집으로 왔었다. 나는 몇 년 동안 피아노를 배웠다. 처음 피아노가 집에 들어오던 날을 기억하고 있다. 나는 교회에 가서 찬송가를 부르고 싶지 않았다. 그것은 내 피아노였기 때문이다. 엄마는 내게 묻지 않았다. 피아노를 교회에 주어도 될까? 어차피 이사를 다닐 때마다 집이 좁아졌기 때문에 피아노를 둘 자리가 마땅찮기도 했다. 그랬다면 나는 기꺼이 그렇게 하라고 했을 것이다. 하지만 엄마는 묻지 않았다. 어느 날 집에 와보니 피아노가 없었고, 어느 날 교회에 가보니 거기에 그것이 있었을 뿐이었다.

•

교회는 남의 것을 갖고도 고마워할 줄 몰랐다. 게다가 매주 엄마가 버는 돈도 가져갔다. 나도 헌금을 했다. 엄마가 주는 용돈에서 헌금을 해야 했다. 목사는 헌금으로 흰색 벤츠를 구입했다. 그의 안전을 위해서라고 했다. 벤츠는 그가 생각하는 가장 안전한 자동차였다. 엄마는 한솥도시락에서 일하며 돈을 벌었다. 학교를 마치고 집에 오면 유통기한이 임박한 레토르트 식품들이 냉동실에 있었다. 나는 그것을 꺼내 전자레인지에 데워 저녁을 먹었다. 엄마는 같은 직장에서 일하는 사람들과 잘 지내지 못했다. 그들이 하나님을 믿지 않기 때문이었다. 그러면서 그들이 엄마를 질투한다고 여겼다. 사장이 엄마에게 유통기한이 임박한 음식들을 많이 주었기 때문이었다. 나는 그런 일들을 두고 사장이 다른 직원들보다 엄마를 더 좋아하는 거라고 생각하지 않았다. 하지만 엄마는 그렇게 생각했다. 그러면서 어디에 있는지 모르는 아빠에게 죄책감을 느꼈다.

•

나는 엄마의 정신이 올바르게 살아가기에 어긋나 있다고 생각했다. 나는 사람들 사이에서 벌어지는 일들, 관계들, 세상의 이치들을 똑바로 판단하고 싶었다. 엄마처럼 되는 것은 당시에 나에게 가장 끔찍한 일이었다. 하지만 내가 경험할 수 있는 세상은 아주 작고 편협했다. 어떻게 하면 일요일에 교회에 가지 않을 수 있을까? 나는 그것만 생각했다. 넌 무슨 딴생각을 하고 앉아 있어? 국어 선생인지 수학 선생인지 가정 선생인지 과학 선생인지가 물었다. 어떻게 하면 교회에 가지 않을 수 있는지 생각하고 있어요. 나는 속으로만 대답했다. 대답 안 해? 어떻게 하면 교회에 가지 않을 수 있는지 생각하고 있다고요. 나는 속으로 외쳤다. 복도에 나가서 있어. 종이 울리면 아이들은 일제히 복도로 쏟아져 나왔다.

•

꿈에 가끔 전처가 나온다. 불쑥 집으로 들어와 집주인 행세를 한다. 나는 너무 화가 나지만 무기력하게 있을 뿐이다. 그러나 원망하는 마음이 생기진 않는다. 꿈은 내 것이기 때문이다.

내가 정말 죽고 싶었을 때 왜 더는 살고 싶지 않은지 구구절절 적은 노트를 잃어버렸다. 그 노트에 내가 연락처를 적어두었던가? 나는 노트의 맨 첫 장에 이름과 전화번호를 적어두곤 했다. 내가 어째서 그토록 죽고 싶었는지는 잊었다. 노트를 찾게 된다면 알게 될 일이다.

나는 많은 것들을 노트에 의탁한다. 많은 것을 기억하지 못하고 생각이나 감정 없이 시간을 흘려보내는 방법을 알고 있다. 그래서 기억해야 할 일들은 전부 노트에 적어두는데, 노트가 없어지면 내 기억도 없어지는 것이나 마찬가지다. 곤란한 일이 아닐 수 없다.

누구도 텅 빈 몸뚱이로 세상을 살아가고 싶지는 않을 것이다. 하다못해 맛있는 걸 먹어서라도 배 속을 채우려 한다. 요즘 나는 굶주린다는 느낌이 들지 않을 수 있도록 최소한의 음식만을 먹고 있다. 나는 아주 역겨운 일을 겪었고, 그래서 죽고 싶었고, 그로 인해 음식을 먹는 일에 어려움을 갖게 되었다. 음식을 생각하면 거부감이 들 때가 있었지만, 내 상담의는 그것을 약으로 적절히 조절해주었다.

●

전처는 이혼 소송에서 몇 가지 일들을 거짓으로 진술했고, 그 일로 스스로 곤란에 처했다. 판사가 위자료를 지급하고 재산 분할을 해야 할 것이라고 하자 이혼만은 절대 안 된다던 그는 곧장 이혼 서류에 사인했다. 그리하여 한때 부부였던 사람이 포기한 재산을 모두 가질 수 있었다. 그는 돈을 중요시하고 사람을 그다음으로 여겼다.

나는 막무가내로 문을 열고 들어와 부엌을 사용하는 전처의 뒷모습을 바라보았다. 하필 내가 오랫동안 사용하지 않은 부엌에 그가 있다니. 마치 그것을 다 알고 온 것처럼. 그는 분주히 몸을 움직이며 내가 할 수 없는 복잡한 요리들을 하고 싱크대를 닦고 찬장을 열어 잠자코 포개져 있는 그릇들을 하나하나 살피기 시작했다. 찬장의 그릇들은 모두 내가 오랜 시간에 걸쳐 모은 것들이었다. 그중엔 결혼 선물로 받은 접시도 있었다. 그는 그것을 모두 꺼내 자기 것인 양 들여다보았다. 그릇들이 더럽다고 생각되었는지 아니면 그저 내게 모욕을 주기 위해서였는지 알 수 없지만 그는 나의 그릇들을 전부 다시 닦아 건조대에 포개두었다. 나는 울고 싶었지만 도무지 목구멍에서 소리가 되어 나오지 않았다. 꿈에서 울음은 소리였다. 눈물은 아무리 흘러도 울음이 되지 않았다.

나는 소리를 내서 내가 울고 있다는 것을 알게 하고 싶었다. 내가 당신 뒤에 서 있다는 것을 알게 하고 싶었다. 그러나 아무런 소리도 낼 수 없었다. 나는 숨이 막혔다. 현관문이 열리고 손문상이 들어오는 소리가 났다. 나에게서만 아무 소리도 나지 않았다.

나는 그가 부엌으로 가는 것만은 막고 싶었다. 그가 부엌으로 가면 모든 것이 끝날 것이라는 것을 알았다. 사랑은 모든 것이었다. 꿈에서나 삶에서나 사랑은 내게 모든 것이었다. 오지 마. 거기 그대로 있어. 나는 인간의 말이 아닌 소리를 내지르며 꿈에서 깨어났다. 사랑을 지키려고 한 번도 사용해본 적 없는 언어로 나는 외친 것이다. 사랑은 시작될 수도 있고 시작되지 않을 수도 있다. 하지만 시작된 사랑은 끝나서는 안 되었다. 한번 시작된 사랑은 계속되어야 했다. 그것이 나의 방식이었다.

●

부엌에서 음식을 하지 않은 지 2년쯤 되어 간다. 아들이 집에 놀러와서 소고기 전골을 두어 번 해주었고, 아들은 그것을 아주 맛있게 먹었다. 내가 먹을 음식은 거의 만들지 않았다. 손문상은 나에게 밥을 먹었는지, 배가 고픈지 물어보고 냉장고에 있는 것들을 꺼내 먹을 것을 만들어준다. 그중에 나는 청양고추를 잘게 다져 넣고 부친 계란말이를 좋아한다.

부엌에서 음식을 하지 않은 것이 시작이었다. 그 후로 점차 나는 음식을 생각하면 거부감이 들었다. 나는 음식을 먹지 않고 잠만 잤다. 따라서 침대에 누워 하루 대부분의 시간을 보냈다. 음식을 먹지 않으니 기력이 없어 자연히 누워 있게 되었고, 몸무게는 처음 한 달 사이에 10kg이 빠졌다.

내가 음식을 먹지 않은 것은 사람 때문이다. 거짓말을 하고 그것을 들킬라 치면 앞에서 눈물을 흘리고, 그러다 더는 자기 뜻대로 나를 조종할 수 없게 되자 모르는 사람들을 상대로 거짓말을 해댄 사람 때문이다.

그때 나는 살의를 느꼈다. 그 느낌은 강력해서 그를 죽일 바에는 차라리 나를 죽이는 것이 낫다고 여겨졌다. 나는 그가 인터넷에, 그러니까 트위터에 늘어놓는 거짓말들을 지켜보면서 치밀어오르는 살의를 잠재우느라 종일 안정제를 먹어댔고, 그렇게 며칠을 보내다 처방받아 가지고 있던 수면제를 여러 알 삼켰다.

그날 나는 이동 침대에 결박되어 세워진 채 엘리베이터를 타고 내려가 구급차에 실렸다고 후에 손문상이 말해주었다. 구급차에서는 누군가 나의 얼굴을 여러 번 세게 때렸다. 얼굴을 맞아본 것은 중학교 때 이후로 처음이었다. 그래도 그때뿐 나는 다시 잠이 들었고, 깨어났을 때는 내 것이 아닌 팬티를 입고 소변줄을 끼우고 있었다.

나는 왜 깨어났을까. 내가 처음 한 생각이었다.

•

중학교 3학년 때 담임 선생은 툭하면 나를 때렸다. 급기야 교무실에서 나의 따귀를 수차례 때렸는데, 그걸 지켜보던 다른 선생들이 달려들어 담임 선생을 붙잡고 말려도 소용없었다. 왜 맞았는지는 기억이 나지 않는다. 1년 뒤 그는 수업을 마치고 교무실로 가던 중 계단에서 쓰러져 굴렀고, 며칠을 의식불명으로 병원에 있다가 죽었다.

그때 일이 생각난 것은 얼마 전 옆집에 살던 할아버지가 계단에서 넘어져 병원에 실려 간 뒤 죽었기 때문이다. 그가 계단에서 넘어진 것은 나와 싸움이 나고 얼마 뒤였다. 그는 내 몸을 손으로 밀치며 악다구니를 썼다. 나도 똑같이 내 몸에 손대지 말라며 달려들었다. 나는 그가 계단에서 실족한 뒤 죽었다는 소식을 듣고서 까맣게 잊고 있던 담임 선생이 떠올랐다. 그러자 내가 무서워지기 시작했다. 내 몸을 치면 누구든 죽는 거야. 나는 생각했다. 정말일까? 아님 말고.

●

나는 왜 깨어났을까. 약을 너무 조금 먹었나.

나는 왜 태어났을까. 이 생각은 태어났을 때는 하지 못한 것이다. 하지만 이렇게 간단히 죽는구나 생각하고서 다시 세상으로 돌아왔을 때는 생각했다. 나는 왜 태어났을까. 죽음은 잠과 다를 바 없었다.

그만하고 싶어. 미안해. 사랑해. 그리고 나는 곧장 잠이 들었다.

그 후로 열흘 동안 병원에 있었고, 병원 밖으로 나가는 것은 허용되지 않았다. 열흘 동안에 나는 머리를 한 번 감았고, 매일 해질 무렵이면 옥상에 올라가 담배를 몇 대 피웠다. 손문상이 병원으로 챙겨온 가방에는 시집 교정지가 들어 있었다. 나는 그것을 기이한 눈으로 쳐다보았다. 사흘은 금식했고, 나흘은 밥을 먹었으며, 마지막 사흘은 밤마다 안정제

주사를 맞고도 잠들지 못했다.

하루는 신이 나에게 물었다. 어디로 가고 싶어요?

나를 괴롭히는 사람이 없는 곳으로요.

거기가 어딘데요?

내가 없는 곳이에요.

●

내가 병원에 있는 동안에 친구들이 나를 보러 와주었다. 전화통화를 할 때만 해도 정인이는 울먹였는데 막상 나를 보고는 평소처럼 농담을 하느라 열심이었다. 병원 복도의 소파에 앉아서 친구들을 만나면 언제나 그러하듯이 깔깔대며 웃었다. 그중 송 시인과 나는 병원 1층에 있는 작은 커피숍에서 차를 한잔 마셨다. 송 시인은 커피숍에 앉아 있다가 나를 보자마자 말했다.

죽을 거면 시집을 내고 죽어요.

그는 약간 웃는 얼굴이었다. 그런 말을 하는 자신이 웃겨서였을까? 아니면 내 체구에 너무 작은 병원복을 입고 링거 스탠드를 끌며 들어온 내가 웃겨서였을까? 아니면 그는 전혀 웃은 것이 아닐 수도 있다. 아무런 표정도 짓지 않았을 수도 있다. 대신 그를 본 내가 반가운 나머지 웃었을 수도 있다.

시집을 내고 죽으라고요? 내가 묻자 그가 대답했다.

당연하죠. 시집을 내고. 그다음에 죽어요.

●

밤이 되자 친구들은 늦은 저녁을 먹으러 병원 밖으로 나갔다. 나도 따라가고 싶었지만 그럴 수는 없었다. 먼저 나가서 다른 친구들을 기다리던 송시인이 유리 통창 너머에서 크게 손을 흔들었다. 나도 손을 흔들었다. 저 사람이 나한테 저렇게 크게 손을 흔들어준 적이 있었나? 나는 그가 참 다정하게 여겨졌다.

●

다음 날 친구들과 나는 옥상에 올라가 함께 담배를 피웠다. 친구들은 벤치 앞에 서서 자신들이 최근에 고안한 것이라며 '휘게' 체조를 보여주었다. 나는 담배를 피우며 또 깔깔대고 웃었다. '휘게'는 '웰빙'이자 '힐링'을 뜻하는 것이라 했다. 동작은 얼핏 택견과 닮아 있었으나 택견이 가지고 있는 미약하나마 계획된 동작이라는 느낌이 빠져 있는 것이었다. 그러니까 친구들은 아무렇게나 내 앞에서 몸을 움직이면서 "이게 바로 '휘게' 체조야!" 하고 말하고 있었던 것이다. 옥상에는 우리 말고도 많은 사람들이 있었는데 친구들은 전혀 개의치 않았다. 나는 일어나서 휘게 체조를 따라 하고 싶었지만 링거 줄이 성가셔 가만히 앉아 있었다.

•

병원은 시집 교정지를 보기에 꽤나 좋은 환경이다. 세 개의 링거 줄을 왼팔에 꽂은 채로는 도무지 움직이는 것이 자유롭지 않고, 철제 난간을 세운 침대에 앉아 있으면 시간에 맞춰 밥과 약을 가져다준다. 침대의 철제 난간은 매우 중요하다. 내가 그것을 내려놓으면 기어이 다시 세워놓는다. 굴러떨어지지 않을게요. 그래도 안 돼요. 내가 가만히 앉아 있다가 침대 밑으로 떨어질 리 없잖아요? 이렇게 대꾸하지는 않았다. 그들은 어쨌든 나를 돌봐주는 사람들이기 때문이다. 내가 해야 할 일은 철제 난간을 세운 침대에서 그저 가만히 있는 것이었으므로 가방에 든 시집 원고를 꺼내 한동안 그것을 가만히 쳐다보았다. 철제 난간에 더해 밥을 먹는 테이블을 침대 위로 끌어당기면 움직임은 더 어려워진다. 게다가 밥이 담긴 식판이 오면 교정지를 재빠르게 치워야 한다. 그렇지 않으면 식판 아래 그대로 깔리게 되고, 나는 한 손으로 식판을 들고 다른 한 손으로 교정지를 꺼내 침대로 내려놓아야 한다. 병원에 있는 동안에 나의 왼손과 오른손은 그닥 힘을 쓸 상태가 아니었다. 가만히 있어도 손이 떨리곤 해서 식판을 들었다가는 국그릇에 담긴 된장국이나 오뎅국을 흘릴 것이 분명했다. 나는 그렇게 몇 번인가 배식 시간마다 시집 교정지를 잽싸게 내려놓고 다시 그것을 테이블 위에 올려놓는 일을 반복했다. 그러다 갑자기 볼펜을 손에 쥐고 교정지에 이런저런 메모를 적기 시작했다. 그러자 마치 그것을 하기 위해 병원에 있는 것만 같은 착각이 들기도 했다. 나쁘지 않네. 아니 이보다 더 좋을 순 없달까. 나는 이따금 혼자서 고개를 끄덕였다.

•

그렇게 해서 나는 병원에 있는 동안에 내가 가진 최상의 집중력을 사용하여 시집 교정지를 보기 시작했다. 이제 와 하는 얘기지만, 깨어났으니 책임을 다하는 수밖에. 다른 도리는 없었다. 솔직히 그 아침에 약을 입에 털어 넣을 때도 잠깐 시집 원고를 생각하긴 했다. 이걸 정리하고 죽든지 말든지 해야 하는 것은 아닌지? 그런데 내 시집 원고를 담당하는 사람이 너무나도 믿을 만한 사람이었다. 그가 알아서 하겠지. 이대로 안 나오면 말고… 그러나 이제 다른 도리는 없었다. 나에게 책임은 체념과 집념이 함께하는 것이다. 언제나 나는 아무것도 하고 싶지 않다는 생각을 하면서, 아무것도 하지 않을 수 있을 때까지 아무것도 하지 않다가, 결국에는 체념하고 집념을 다해 내게 주어진 일을 마친다. 교정지의 마지막 장을 덮을 때는 정말이지 죽을 힘을 다했다고 생각하고서 혼자 웃어버렸다.

•

죽음은 기억할 것들의 끝. 흘러가는 것들의 멈춤. 더 이상 행동할 수 없음. 볼 수 없음. 만질 수 없음. 느낄 수 없음. 그리하여 싫어할 수 없음. 사랑할 수 없음. 저기 저 공원에 서 있는 나무. 걸어가는 오래된. 저기 사람들이 걸어가네. 도시를 바라보며 아래로. 그늘이 있는 곳에 연인과. 하네스를 한 개들. 달리는 여자와. 누워 있는 남자들. 나무 위로 솟은 빌딩들. 구름의 그림자가 지나가는 간판들. 지는 해. 뜨는 별. 달무리. 날마다 다른 날씨들. 가난한 사람. 부유한 사람. 절대로 만날 수 없는. 만나본 적 없는. 가져본 적 없는. 잃어본 적 없는. 잊어본 적 없는. 기억의 시작. 매번 다른 시작. 알지 못하는 처음. 알 수 없는 마지막. 아무 데도 없지만 사랑할 수 있고. 아무 데도 없지만 시 쓸 수 있고. 아무 데도 없지만 있을 수 있고. 아무 데도 없지만 사라질 수 있고. 아무 데도 없지만 노래할 수 있고. 아무 데도 없지만 말할 수 있고. 아무 데도 없지만 볼 수 있고. 아무 데도 없지만 들을 수 있고. 아무 데도 없지만 눈감을 수 있고. 아무 데도 없지만 걸을 수 있고. 달릴 수 있고. 아무 데도 없지만 체취가 있고. 아무 데도 없지만 냄새 맡을 수 있고. 아무 데도 없지만 걱정이 있고. 아무 데도 없지만 슬픔이 있고. 아무 데도 없지만 기쁨이 있고. 아무 데도 없지만 비밀이 있고. 아무 데도 없지만 나는 서 있다. 지금. 아무 데도 아닌 곳에.

•

처음에 사랑은 몸을 섞으며 시작된다. 몸을 섞기 전까지는 말을 섞는다. 공허한 말들이 이리저리 뒤섞이다 공중에 흩어진다. 나는 흩어지는 말들을 보며 언제는 사랑이 아닌 것을 알고 언제는 사랑인 것을 안다. 이번엔 사랑이었다. 공허한 말들로 시작되는 사랑. 하루에도 몇 번씩 몸을 섞는 사랑. 삽입된 성기가 작아졌다가 다시 커질 때까지 그렇게 몇 번을 반복하고도 떨어지지 않는 사랑. 창문의 그림자가 오른쪽에서 왼쪽으로 흘러가는 사랑. 거리로 나오면 모든 것이 낯선 사랑. 내리쬐는 햇빛에 사타구니가 따끔거리는 사랑.

나는 섹스를 좋아해본 적이 없다. 좋았던 섹스는 있었다고 해도 말이다. 나는 연애가 시작될 때 그것을 해야 하는 순간이 오면 내 쪽에서 끝을 내거나 해치우는 심정으로 그것을 하곤 했다. 그러나 한 번 시작된 사랑은 하루에도 몇 번씩 몸을 섞게 하고 섹스 말고는 할 것이 아무것도 없는 날들이 흘러갔다. 어떻게 나는 그럴 수 있었지? 가만히 앉아

서 창밖을 볼 때면 지나가는 새나 흘러가는 구름에게 묻곤 한다. 어떻게 나는 그럴 수 있었지? 어떻게 섹스 말고는 아무것도 하지 않는 하루하루를 살았던 거지? 그리고 사랑은 걷는 것이었다가 마주 보는 것이었다가 함께 먹는 것이었다가 함께 잠드는 것이 된다.

●

나는 밤이면 그저 아무것도 하지 않고 가만히 누워 있다가 자고 싶을 때 잠들고 싶다. 정말이다. 나는 가만히 누워서 자고 싶다. 머릿속에 떠오르는 이런저런 생각을 하다가 나도 모르는 사이에, 암전.

●

성욕이 없는 사람은 그것이 있는 사람과 어떻게 함께 살아야 할까?

●

나는 섹스가 재미없고 귀찮다. 상대가 나와 같다면 좋겠지만 그런 사람은 한 번도 만나본 적 없다. 어떻게 하면 그것을 좋아할 수 있을까? 그때 나는 어떻게 하루에도 몇 번씩 섹스를 할 수 있었을까? 나는 그것이 사랑이 시작될 때 생겨났다가 자연히 사라지는 것이면 좋겠다. 그것이 사랑이 작동하는 보편의 방식이면 좋겠다. 하지만 사랑도 인간도 내가 원하는 것과는 전혀 다른 방식으로 작동한다. 성욕은 사랑과 상관없고 사랑은 대체로 성욕을 전제한다. 인간은 섹스를 하고, 섹스를 할 때 짓는 표정과는 전혀 다른 얼굴로 살아간다. 인간은 평소에 내지 않는 소리를 섹스할 때 터뜨린다.

나는 내가 평생 할 섹스를 손문상과 다 했다고 생각한다. (손문상의 생각은 물론 그렇지 않다.) 나는 내가 평생 동안 할 섹스를 쿠바에서, 일산의 나의 집에서, 제주의 우리들 집에서 다 한 것 같다. 지금 나에게는 성욕이 없다. 전혀. 어떤 경우에도 생겨나지 않는다. 그저 가만히 누워서 자고 싶다. 팔베개를 하고. 서로의 등을 안고. 손문상의 두툼하고 부드러운 배 위에 누워 바다를 떠다니는 것처럼 오르락내리락 하다가 잠들 때 나는 좋다. (손문상은 물론 그렇지 않다. 내가 그렇게 누워 있으면 갈비뼈가 몹시 아프다고 한다.) 손문상은 우리가 언제 마지막으로 섹스를 했는지 자주 이야기한다. 하지만 나는 괜찮다. 손문상을 사랑하고, 사랑은 매일 다른 모습으로 나와 함께 있다. 손문상도 나를 사랑한다. 손문상은 나와 섹스를 하고 싶어 한다. 하지만 나는 가만히 누워 있다. 솔직히 가만히는 아니고. 이리저리 몸을 움직여 스트레칭을 한다. 손문상은 그사이 먼저 잠이 든다. 나는 스트레칭을 마치고 침대에 몸을 똑바로 눕힌다. 어젯밤에 보던 영화를 마저 보거나 지금처럼 거실에 나와 일기를 쓴다. 손문상이 이 글을 읽는다면 어떨까? 나는 섹스가 재미없고 귀찮다고 손문상에게 말한 적이 있었던가? 모르겠다.

•

그러나 아무 일도 일어나지 않고 우리는 살아왔다고 쓸 수 있다. 그리고 우리는 너무 많은 일을 겪으며 살아왔다고도 쓸 수 있다. 너무 많은 성가신 일들, 너무 많은 모욕들, 너무 많은 어긋남, 너무 많은 다툼, 몇 번이고 계속되던 몸의 뒤섞임. 전화벨이 울리고, 어디선가 개가 짖고, 그칠 줄 모르고, 바람이 창문을 부수고, 지붕을 날려버리고, 아무렇게나 자란 풀들이 땅을 뒤덮고, 저녁밥을 짓고, 동시에 잠들지 못하고, 일어나 담배를 피우고, 미친 여자가 지껄이는 이야기를 듣고, 소리를 지르고, 하찮은 싸움에 휘말리고, 분노하고, 약이 없이는 잠들지 못하게 되고, 약을 먹으면 잠드는 것에 감사하고, 일어나 몸을 씻고, 오래 씻고, 잘 살려고 노력하고, 죽지 않으려고, 미치지 않으려고, 화내지 않으려고, 멱살을 잡지 않으려고, 미쳐 날뛰지 않으려고, 주먹으로 힘껏 치지 않으려고, 살림을 부수지 않으려고, 천천히 숨을 쉬고, 눈을 감고, 마음을 어둡게 하고, 작은 초를 켜고, 내가 숨을 쉬면 가볍게 흩날리는 불꽃을 바라보면서, 나 아닌 것을 괴롭히지 않으려 애쓰고, 그러는 사이에 봄은 온데간데없이 흘러가고, 여름이다, 사람들이 환호하는 것을 보고, 밖으로 나가 햇빛에 살갗을 데우고, 그러면 누구도 해치지 않고 살 수 있다. 지나갈 수 있다. 무엇을. 저기 저 미친 사람을, 천박한 주둥이를, 속물 된 사람을, 돈을 갈취하는 협잡꾼을 지나쳐 다른 곳으로 갈 수 있다.

•

협잡꾼은 또한 몇 푼 쥐여주는 것으로도 그나마 떨쳐버릴 수 있다. 그들은 근성이 있다. 끈기가 있다. 기생하는 방법을 기가 막히게 알고 있다. 그들은 마치 태어날 때부터 그것을 가지고 태어나는 것만 같다. 그들은 한 가지 방법으로 기생하지 않고 다양한 기술을 쓴다. 그들은 예측할 수 없다.

나는 기생하는 법을 익히지 못했다. 그래서 나는 예측할 수 있다. 기생할 줄 모르기 때문이다. 이것이 내가 지금 나를 살려두는 이유이다.

•

제법 멀리서 출발한 바람이 나에게 도착한다. 당분간 나는 아무도 죽이지 않기로 하였다. 하지만 언제든 나를 죽일 수 있다는 사실이 나를 두렵게 한다. 삶은 불시에 끝난다. 그것을 알게 된 지 이제 1년쯤 되었다. 지금 이 순간에도 당장 내 삶을 끝낼 수 있다는 것을 아주 잘 알고 있다.

'끝과 시작'이라는 것이 죽음의 반대말이 될 수 있을까. 언젠가 시작된 것을 삶이라고 할 수 있다면 말이다. 내게 시작된 것은 옮겨 다니는 집들, 나를 멀리하는 아이, 팔꿈치로 방바닥을 기어 다니던 뒷집 오라비, 내 처음 친구 동이, 동이는 오라비의 동생, 대문 앞의 밤두꺼비, 손톱을 물들이던 호박의 꽃술, 논을 가로지르는 붉은 뱀, 단무지 공장에 빠져 죽은 아이, 버스 안에서 굴러가던 나의 도시락 가방, 그리고 다정한 엄마와 나를 때리는 엄마, 나를 웃게 하던 아빠와 여관방에 숨어 있던 아빠.

아빠가 여관방에 숨어 있었던 것은 나를 만나기 위해서였다. 회사가 망하고 난 뒤 아빠는 언제까지나 떠돌며 살았다. 나는 하곳길에 있는 동네 여관에서 한 번, 서대문 경찰서 구치소에서 한 번, 아빠를 만났다. 여관에서는 아빠와 함께 치킨을 먹었고, 구치소에서는 속옷을 담은 랜드로바 봉투를 들어 보여주었다. (그러고는 그것을 경찰에게 주었던 것 같다.)

●

아빠는 그날 투명한 창 너머에 앉아 웃고 있었다.

엄마는 잘 있지?

엄마는… 엄마는 왜 속옷 봉투를 나에게 들려 보냈을까? 아빠가 보고 싶지 않았던 걸까? 나는 아빠가 없는 아이였고, 부자였다가 한순간에 가난해져버린 아이였다. 한동네 아이들은 모두 그것을 알았다. 엄마와 친하게 지내던 학급 친구들의 엄마들은 모두 연락을 끊었다. 나는 친구를 사귀는 것이 싫었다. 대신에 책을 읽었고, 내가 읽는 책들은 성경과는 아주 다른 것이었다. 목사는 내가 읽는 책들을 탐탁지 않아 했다. 그것을 읽을 시간에 내가 하나님의 이야기를 한 줄이라도 더 읽기를 바란다고 했다. 하지만 나는 세계문학 전집을 읽는 것이 좋았다. 세계문학 전집을 읽었다는 이유로 지옥에 간다면 그것만큼 우스운 일도 없다고 생각했다.

•

내가 여관으로 아빠를 만나러 갔을 때는 한낮이었다. 1층 복도를 따라 아빠의 방으로 가는 복도에서는 요란한 신음 소리가 들렸다. 나는 섹스를 할 때 종종 그날의 좁고 냄새나는 복도에 서 있는 기분이 되곤 한다. 다시 돌아서서 그곳을 떠날지 아빠가 묵고 있는 방의 문을 두드릴지 고민하면서. 한번은 돌아서서 여관을 떠나고 한번은 아빠의 방문을 두드린다. 그 일은 자꾸만 계속된다. 제발. 부탁이야. 어서 그곳을 떠나. 아빠를 만나지 않아도 괜찮아. 넓고 깨끗하고 밝은 곳으로 가. 다시는 돌아오지 마. 나는 나에게 사정한다.

•

세계문학 전집을 읽는 대신 하나님의 이야기를 읽으라고 했던 목사는 지금 무얼 하고 있을까? 여전히 흰색 벤츠를 가지고 있을까? 내가 문예반 활동을 하느라 교회에 더 자주 나오지 않는 것을 두고 심각하게 엄마를 나무랐던 일을 기억하고 있을까? 그 일로 엄마는 나를 미워했다. 그는 그 일을 잊었을까? 자기 전에 누워서 엄마와 나를 한 번이라도 떠올린 적이 있을까? 그러니까 사람들은 자기 전에 생각할까? 자신이 잘못한 것에 대하여. 천박한 것에 대하여. 아무렇지 않게 타인을 속인 것에 대하여. 누군가를 죽이고 싶은 것에 대하여. 그러나 죽이지 않고 가까스로 잊는 방법에 대하여 생각할까?

●

나는 생각한다. 누군가를 멋지게 속이는 일에 대하여. 감쪽같이 다른 세계로 데리고 가는 일에 대하여. 그러니까 타인을 파멸시키기 위한 거짓말에 대해 말하려는 것이 아니다. 나는 적당히 현실을 고치는, 고통을 덜어내는, 안식을 주는, 안전한 장치가 마련된 거짓말에 대해 말하고 있다. 하지만 나는 글을 쓸 때 전혀 행복하지 않다. 여느 유명한 작가들이 말하듯 글을 쓰는 일로 살아 있다고 느끼지도 않는다. 오히려 죽어간다고 느낀다.

글을 쓸 때 살아 있음을 느끼는 작가들, 자신의 입에 총구를 겨누고 방아쇠를 당긴 작가들, 죽은 듯이 잠이 들어 깨어나지 않은 작가들, 호주머니에 돌멩이를 넣고 물속으로 들어간 작가들.

나는 살아 있기 위해서 글을 조금만 쓴다. 나머지 시간에는 아무것도 하지 않으면서 살아 있음을 만끽한다. 하지만 문제는 출판사 사장이나 잡지 편집장이 자꾸만 내게 글을 달라고 하는 것이다. 얼마 전에도 나는 계약서 초안을 받았다. 나는 죽어가는 일에 서명한다.

•

잡지 편집장이나 출판사 대표 중에는 지나치게 괴상한 사람들이 있다. 유별나게 나를 대우하다 갑자기 돌변하여 나를 가르치려들거나 터무니없는 요구를 한다. 왕왕 유명한 저자들 이름을 나열하며 친분을 과시하고 내가 그들을 본받아야 할 것이라고 말한다. 그럴 때 나는 사장이든 편집장이든 주먹으로 한 대 치고 싶은 충동을 강하게 느낀다. 그런데 그렇게 하면 그들이 나에게 재수 없게 군 사실은 순식간에 사라지고 내가 주먹으로 친 상황만 오롯이 남을 것이다. 걔가 A 출판사 대표를 주먹으로 갈겼대. 정말? 정말. 미쳤나봐. 걔가 좀 미치긴 했지. 그래도 속은 후련하네. 남의 속을 후련하게 할 만큼 내 삶이 넉넉한가? 그런 것 같기도 하고 아닌 것 같기도 하다. 나는 작가들의 염원을 내 주먹에 담아 그들을 힘껏 칠 수도 있다. 그래도 남의 입에 오르내리는 것은 싫은 일이다. 단지 그래서 한 번도 주먹으로 치지 않았다. 나는 가십이 되고 싶지 않다. 사람들이 내 얘기를 하는 것이 싫다. 좋은 얘기도 마찬가지다.

왜냐하면 다 틀렸거든요.

●

어쨌거나 나는 반드시 죽게 되어 있다. 그것이 결말이다. 그러므로 일기는 결말이 없는 글쓰기다. 완결되지 않는 행위를 매일 하면서 아무것도 끝나지 않았다는 것을 확인한다.

●

오늘은 죽지 않고 살아 있었다. 살아 있는 것은 끝이 될 수 있을까? 죽음만이 끝이라고 해야 할까? 나는 살아 있다. 끝난 것이다. 무엇으로부터? 죽을 가능성으로부터.

•

삶을 멈출 수 있는 다양한 방법이 있음에도 불구하고 그것을 실행하지 않는 것, 그러니까 삶을 계속해서 살아가는 일은 늘 기적과도 같다. 왜 나는 멈추지 않을까? 왜 계속해서 살아 있을까? 나는 오직 이것만이 궁금하다. 누가 계속해서 나에게 살아야 한다고 했지? 그저 스스로? 어째서 내일 잠에서 깨어나 해야 할 일을 생각하고 있지? 어째서 한 달 뒤의 약속을 하는 거지? 어째서 근심을 이어가고 있지? 해결되지 않는 일들을 붙잡고 고통받고 있지? 기쁨은 무엇이며 행복은 또 무엇이지? 슬픔은? 좌절은? 내가 살아 있는 데 필요한 것은 무엇이지? 사랑이 없이 사람은 얼마나 살 수 있지?

나는 사랑 없이 살아본 적이 있다. 고통스러운 일이었다. 아무거나 사랑하지 않고서는 도무지 살 수 없다고 생각했고, 나의 내면은 점점 일그러지고 뒤틀리며 망가져갔다. 나를 제외한 모든 사람이 사랑 속에 있다고 여겼으며 불행하고 고통받는 인간의 보편적인 문제에 점점 둔감해지고 세상에서 오직 나만이 불행하였다. 그 시절을 나는 멈추지 않고 계속해서 지나왔는데, 언젠가 내게 사랑이 올 거라는 믿음 같은 것이 있어서? 아니다. 그런 것은 없었다. 나는 요행을 바라는 사람이 아니다. 나는 그저 매일 술을 마셨고 침대로 가기 전에 먹은 것을 다 토하고서 잠이 들었다.

그때 나는 왜 삶을 멈추지 않았을까? 왜 매일 밤 변기를 붙잡고 빈속에 먹은 술을 게워내는 일을 반복했을까? 왜 멈추지 않았을까? 어째서 계속 살아 있었을까? 나는 오직 이것만이 궁금하다.

●

그때 나는 나를 죽이는 행위가 두려워서 그랬다. 그래서 죽지 못하고 살아 있었다. 희망이나 사랑이 없이 산다는 것은 그런 것이다. 죽음에 이르는 사건이 두려워 다른 수많은 고통을 감내하는 것이다. 나의 경우는 그렇고 타인의 삶을 내가 다 알 수는 없다.

가끔씩 (열에 한 번쯤) 생각한다. 저 사람은 왜 계속해서 살아 있을까?

왜 살아요?

저기 저 사람에게 묻는다면 나는… 무사할까?

아닐 것이다.

●

아무에게나 살아 있어야 한다고 말하지 말도록 하자. 매사에 조심해야 한다고 말하는 사람을 조심하도록 하자. 조심성이 없기 때문에 입버릇처럼 조심해야 한다고 말하는 것이다. 조심해야 할 텐데. 그러면서 그들은 남들이 조심성이 없는 것인 양 군다.

그들을 비난할 생각은 없다. 그저 그런 사람을 조심해야 한다고 일러두고 싶을 뿐이다.

●

그렇다면 당신이야말로 조심해야 할 사람이 아닌지?

•

그렇습니다. 당신은 똑똑한 사람이군요.

•

신촌 로터리를 바라보며 서 있는데 검은 구름이 산 너머 몰려 있었다. 내가 서 있는 곳은 파란 하늘에 하얀 구름들이 가만히 떠 있었다. 로터리에서 차가운 바람이 불어왔다. 비가 올까? 그렇다면 우산을 사야 할까? 나는 한동안 신호가 바뀌길 기다리며 생각했다. 비가 오면 그때 결정하지 뭐. 나는 횡단보도를 건너 한겨레 문화센터로 들어갔다. 마지막 강의를 하는 날이었다. 때때로 내가 비에 흠뻑 젖는 것은 하나도 이상할 것이 없는 일이다.

나는 수강생들이 칠판에 적힌 과제에 몰두하는 사이 창밖의 하늘을 바라보았다. 비는 내리지 않았다. 그래서 비에 젖지도 않고 우산을 산 것을 후회하지도 않고 집으로 돌아갈 수 있었다.

집에는 내가 좋아하는 초록색 우산이 있다. 언젠가 서울역에 도착했을 때 비가 한바탕 쏟아지고 있어서 산 것이었다. 우산을 사러 가는 사이에 나는 비에 젖을 만큼 젖었는데도 한동안 우산의 색을 고르느라 골똘히 서 있었다.

•

오빠에게.

언젠가 한번은 오빠를 불러보고 싶었어. 그래서 이렇게 오빠에게 편지를 써. 이 편지가 오빠에게 가는 일은 없을 테지만, 편지는 혼자서도 쓸 수 있는 거니까.

안녕. 난 오빠의 동생이야. 우리는 같은 아빠를 가졌거든. 오빠는 세상에 내가 있다는 것을 알고 있을까? 아빠에게 물어보고 싶은 적이 있었는데 묻지 않았어.

오빠가 다시는 아빠를 만나지 않을 거라고 했다는 이야기를 들었거든. 오빠도 나도 아빠를 좋아하지 않는 것은 꼭 닮았네. 내가 아빠를 마지막으로 본 것은 5년 전이야. 우리는 서울 광화문의 한 커피숍에서 만났는데, 결국에는 내가 울면서 화를 내고 소리를 지르는 바람에 서둘러 그곳에서 나와야 했어. 그날 나는 버스 정류장에 서서 한참을 울었어. 아빠는 참 무책임한 사람이야.

나에게도 아빠가 필요했던 적이 있었어. 하지만 그럴 때마다 아빠는 곁에 없었고, 그래서 나는 아빠를 필요로 하지 않는 연습을 했어. 그랬더니 언젠가부터 정말로 아빠는 필요하지 않은 사람이 되었어. 나는 3년 전에 결혼을 했는데, 그때도 감쪽같이 아빠 생각은 나지 않았어.

오빠는 어때? 일본에 가면 오빠가 어디에 살고 있을까 생각하곤 했어. 결혼은 했을까? 아픈 덴 없고? 살면서 행복할 때가 있어?

나는 오랫동안 내가 태어난 것을 원망했었어. 지금은 살아 있는 것을 싫어하진 않아. 가끔씩 행복하고, 때때로 사는 일이 버겁기도 해. 죽기 전에 우리가 만나는 일이 있을까? 오빠가 한국말을 못한다고 들었는데, 우리가 만나면 인사 정도는 할 수 있었으면 좋겠다.

오빠. 와타시와 아나타노 이모토데스. 하지메마시테.

나는 우리가 만나는 상상을 종종 했어. 나를 만나는 것이 나쁜 일이 아니었으면 좋겠어. 오빠를 만나면 말하고 싶어. 와타시타치와 치치가 오나지데스. 하지만 우리가 만나지 못한다 해도 오빠는 나의 오빠고 나는 오빠의 동생이야.

어디서든 건강하고, 행복하길 바라.

●

아빠는 나에게 미안해야 하는 유일한 사람이다. 타인이 반드시 내게 가져야 할 어떤 감정이 있는 것은 아니다. 은밀히 갖는 감정은 내가 알 수도 없다. 그러나 아빠는 내게 미안해야 한다. 그것을 내게 말하지 않더라도 말이다.

오빠는 절대로 아빠를 다시 만나지 않겠다고 했다고 들었다. 나는 오빠를 보고 싶은데 오빠가 나를 모르는 상태에서 만나고 싶다. 그러니까 몰래 보고 싶다는 뜻이다. 오빠는 어떤 사람일까. 그는 재일 한국인으로 40년을 넘게 살았다. 나는 이 이야기를 시로 쓴 적이 있다.

●

우리가 도착한 곳은 여러 채의 방갈로가 공중에 떠 있는 해안가였다.

방갈로는 기둥을 세워 공중에 띄우고 만조에 물에 잠기지 않도록 했다.

여기에 아버지가 살았어?

로스빙은 그렇다고 내게 알려주었다.

아버지는 오래전에 아이를 버린 적이 있다.

아이를 버리고 서울의 당구장에서 내기 당구를 쳤다.

어머니는 소파 모서리를 뜯으며 게임이 끝나기를 기다렸다.

방갈로에는 많은 사람들이 살고 있었다.

모두가 가족처럼 보였고
모두가 아닌 것처럼 보였다.

비행기를 타고 오는 동안에 로스빙은 화물칸에서 무엇이 들었는지 알 수 없는 상자들 사이에 있었다.

그중에 로스빙이 가장 컸다.

방갈로에서 나온 여자에게 나는 아버지 사진을 보여주었다.

여자는 고개를 내젓고 사진을 물렸다. 물가에는 한 무리 아이들이 얼굴을 씻고 있었다. 아무도 아버지를 안다고 하지 않았다.

나는 로스빙과 함께 해안을 따라 오래 걸었다.

아니야 여자는 운 게 아니야

로스빙은 자꾸만 고집을 부렸다.

아버지가 처음 버린 아이는 나의 오빠였는데 그는 재일 한국인으로 40년을 넘게 살았다.

그를 본 적은 없다.

나에게 오빠가 있다고 로스빙에게 알려주었다.

아이를 한 번 버린 사람은 두 번째 아이를 버리고 남은 일생을 살았다.

로스빙 너는 아이를 낳고 싶어?
나는 잘 모르겠어

로스빙은 앞발로 젖은 모래를 파고 거기에 구슬을 묻었다. 처음 도착했을 때보다 로스빙은 수척해 보였다.

아까 그건 뭐였어?

로스빙은 그것이 이번 생에서 얻은 것이라 했다.
우리는 곧 원래 있던 곳으로 돌아갈 것이었다.

아빠가 죽으면 나는 오빠를 만나러 갈 것이다. 오빠를 찾은 다음 나는 오빠를 멀리서 바라볼 것이다. 며칠을 그렇게 한 다음에 오빠를 떠나서 돌아올 것이다. 내가 사는 곳으로.

●

나는 오빠가 나와 같이 아빠와 매우 다른 삶을 살고 있기를 바라는 것 같다. 그러나 오빠의 얼굴이 아빠의 얼굴을 닮았으면 좋겠다고 생각한다. 아빠를 조금이나마 좋아하고 싶은 마음을 나는 한 번도 본 적 없는 오빠에게 투영하고 있다. 내가 기억하는 젊은 아빠의 얼굴을 빼어 닮은 사람. 그러나 자신의 삶을 잘 다스리며 살고 있는 사람. 허황된 말로 나를 속이지 않는 사람. 약속을 지키는 사람. 지키지 못한 약속을 잊지 않는 사람. 좋은 것을 주는 사람. 나쁜 것을 가져가는 사람. 아빠의 얼굴을 가졌으나 아빠와 다른 사람.

만약 그가 오빠가 아니라 언니였다면 어땠을까?

나는 찾지 않았을 것이다. 나는 다른 여자가 무섭다. 아니, 다른 여자가 낳은 여자가 무섭다. 나를 무조건 싫어할 것이기 때문이다. 나는 나를 싫어하는 여자를 나처럼 느낄 수 있다. 나는 상처받고 싶지 않다. 나 또한 상처 주고 싶지 않다.

오빠는 나를 싫어하지 않을까? 싫어할 수 있다. 하지만 나는 나를 싫어하는 남자를 남처럼 여긴다. 딱히 상관없다는 뜻이다.

•

너무 멀지 않은 곳에서 오빠를 본 뒤에 나는 저녁을 먹으러 갈 것이다. 오뎅집에 들어가 다이콘과 아츠아게를 시키고 우라 메뉴로 무엇이 있는지 물어볼 것이다. 홋케 구이가 있다면 좋을 텐데.

나는 혼자서 오랫동안 저녁을 먹고 싶다. 비어 있던 옆자리에 사람이 들어왔다가 나갈 때까지, 다른 사람이 들어와 자신이 주문한 음식을 다 먹고 나갈 때까지 나는 혼자서 앉아 맛있는 저녁을 먹고 싶다. 죽기 전까지 내가 만나야 할 사람은 없다는 사실을 실감하면서. 그의 옷차림이 너무 촌스럽지 않았던 것에 조금쯤 안도하면서. 나는 문 닫는 가게를 나서고 싶다. 그러고는 숙소에 돌아가 곧장 잠들 것이다.

다음 날도 그다음 날도 나는 고민할 것이다. 그를 한 번 더 보러 갈 것인지 아니면 이대로 돌아갈 것인지 어쩌면 용기를 내 그의 앞에 나설 것인지.

하지만 알고 있다. 그에게는 아무 말도 하지 않아야 한다는 것을. 먼발치에서 우리가 서로를 알아본다 해도 말없이 서로를 떠나야 한다는 것을 나는 알고 있다.

5
7

3
2

●

어떤 사람들은 내가 아빠를 닮았다고 하고 어떤 사람들은 내가 아빠를 닮지 않았다고 한다. 나는 모르겠다. 나는 엄마도 아빠도 닮지 않았다고 생각하면서 그들의 모습이 담긴 사진을 본다. 자신이 낳은 아이를 싫어하는 건 어떤 느낌일까? 자신이 낳은 아이로부터 버림받는 건 어떤 기분일까? 아니다. 나의 질문은 틀렸다. 자신이 낳은 아이를 좋아하는 건 어떤 느낌일까? 자신이 낳은 아이로부터 사랑받는 건 어떤 기분일까? 내가 모르는 것은 바로 이것이다. 나를 좋아하는 엄마. 내가 사랑하는 엄마. 나를 지켜주는 아빠. 내가 부르면 대답하는 아빠.

아빠. 나 결혼해.

이것은 내가 하지 못한 말.

엄마. 나 결혼해.

역시 내가 하지 못한 말.

나는 결혼했고, 아이는 낳지 않았다. 앞으로 어떨지는 모르겠다. 내가 아이를 낳는 삶을 살게 될까? 나는 나 자신조차 잘 돌보지 못해서 아이를 낳지 않기로 했다. 언젠가 내가 나를 잘 돌보게 되는 날이 온다 해도 더 이상 아이를 낳을 수 없는 때일 것이다.

나는 아이가 나를 미워할 것이 무섭다. 아이는 반드시 나를 미워할 것이다. 그것이 이 삶을 통해 내가 알게 된 것이며 다른 삶은 내 삶이 되어주지 못했다.

●

내가 말합니다: 나의 인도자이신 시인이여,
나를 험난한 관문에 임하게 하기 전에,
먼저 내가 충분한 힘을 가지고 있는지 헤아려주시옵소서.

—「지옥편」 제2곡, 『신곡』 1권

•

나의 문제는 삶을 너무 조금 사용하고 있다는 것이다. 엄마를 용서하거나 아빠를 이해하는 삶을 살지 못했다. 나는 조금 더 많이 걸을 수 있었지만 방을 어둡게 하고서 누워 있었다. 나는 더 많은 친구를 사귈 수 있었지만 아무에게도 먼저 말 걸지 않았다. 나는 고작 나를 둘러싼 거짓말들이 지겨워 죽으려고 했다. 아랍어를 읽고 쓸 줄 알았지만 이제는 전부 잊어버렸다. 피아노를 칠 줄 알았지만 이제는 칠 수 없다. 기타를 배우다가 금방 그만두었다. 그림을 그리고 싶다고 생각하면서 그리지 않는다. 거울을 볼 때마다 다른 얼굴을 가지고 싶다고 생각한다. 그래서 새 옷을 산다. 좀 더 밖으로 나가기 위하여 새 옷을 산다. 옷걸이에 걸린 새 옷을 입자고 생각하며 일어나 캄캄한 방에 불을 켠다. 새 옷을 입으려다 다시 침실로 돌아와 불을 끄고 눕는다. 쓸데없이 새 옷을 샀다고 자책한다. 내일은 꼭 새 옷을 입고 밖으로 나가자. 그러면 돼. 나는 잠이 든다. 새벽에 깨어나 아무에게도 전화할 수 없음을 안다. 베

란다에 앉아 그칠 때까지 운다. 아무도 용서하지 않을 것을 다짐한다. 다른 사람이 되고 싶어서 문신을 새긴다. 새 문신이 생길 때마다 다른 사람이 되었다고 생각한다. 생각을 그만하고 싶어서 영화를 본다. 잘 만든 영화를 보며 질투를 느낀다. 나는 아무것도 하지 않으면서 무엇인가 해낸 사람을 질투한다. 음악을 듣는다. 노래를 따라 부른다. 일어나 춤을 춘다. 다른 사람 앞에서 노래하는 사람을 동경한다. 무대에서 춤추는 사람이 되고 싶다. 나는 내가 아닌 모든 것이 되고 싶다.

•

다른 것이 되지 못한 나는 나인 채로 살고 있다.

●

새 옷을 사고, 새 옷을 입지 않고. 새 구두를 사고, 새 구두를 신지 않고. 새 옷을 입고, 새 구두를 신고. 현관을 나서고, 다시 들어오고. 나는 한참을 현관에 서 있다. 새 옷을 입고, 새 구두를 신고서. 신발을 벗고, 옷을 벗고, 다시 누울 것을 고민하면서.

나가고 싶지 않아?

나가고 싶지 않아.

집 밖이 무서워?

집 밖이 무서워.

어째서 무서운지 나는 새 옷을 입고 새 구두를 신고 현관에 서서 생각한다.

삶을 사랑하게 될까 봐 무서워.

나는 대답한다. 밖으로 나가면 삶을 사랑하게 되니까. 너무 사랑해서 내가 사는 세상을 떠나지 못할까 봐 무서워.

다시 떠나고 싶어?

나는 대답한다. 떠나고 싶지 않아. 여기에 있고 싶어. 나중에 떠나야 할 때, 그때 떠나고 싶어.

•

바깥에는 하늘이 있고 구름이 있고 산이 있고 길이 있고 바다가 있다. 사람들은 저마다 손에 휴대폰을 들고 사진을 찍고 있다. 나는 재빨리 모습을 바꾸어 기억할 수 없는 구름을 바라본다. 산은 저기에 있고. 바다도 저기에 있고. 길에는 작은 풀들이 꽃들이 누군가 버리고 간 쓰레기들이 모여 있고. 돌을 주워 주머니에 넣으면 나는 그만큼 더 무거워진다. 물에 가라앉기엔 모자라지만 땅에 서 있기엔 알맞은 무게의 돌들을 주머니에 넣고서 나는 천천히 걷기 시작한다.

바다는 아름다워. 그렇지? 나는 고개를 끄덕인다.

산은 멋있어. 그렇지? 나는 고개를 끄덕인다.

구름은 신기해. 그렇지? 나는 고개를 끄덕인다.

바람은 오래 맞고 서 있으면 머리가 아파져. 그렇지? 나는 고개를 끄덕인다.

햇빛 아래 오래 있으면 살갗이 검게 그을려. 그렇지? 나는 고개를 끄덕인다.

나는 새로 산 옷과 새로 산 구두가 처음으로 마음에 든다. 새로 산 수영복을 입고 여름에는 바다 수영을 하자. 나는 나와 약속한다. 삶을 너무 사랑하더라도 무서워 말자. 나는 나를 다독인다.

●

내가 태어나서 본 것들을 생각하면 태어난 것이 좋기도 하다. 사람의 말은 되도록 적게 듣는 것이 좋다. 내가 처음으로 잘한 일이 있다면 가족을 떠난 것이다. 내게 함부로 말할 수 없도록 나는 맨 처음 가족을 떠났다. 그다음 잘한 일이 있다면 가족에게 주소지를 알리지 않은 것이다. 내게 마음대로 찾아올 수 없도록 나는 이사를 하고 오랫동안 가족의 연락을 받지 않았다. 그다음 잘한 일은 전화번호를 바꾸지 않은 것이다. 나는 계속해서 울리는 전화벨을 견디고 문자 메시지에 답하지 않고 오랜 날들을 지냈다. 엄마도 아빠도 이제는 내게 전화하지 않는다. 문자 메시지를 보내서 자식으로서의 도리를 말하지 않는다. 그렇게 되기까지 수년이 걸렸다. 나를 때리던 엄마도 옛일이 되었다. 아빠 대신 돈을 갚으라며 걸려오던 전화도 옛일이 되었다. 아빠가 내 번호를 알려줬어? 아빠는 답하지 않았다. 엄마가 내 번호를 알려줬어? 엄마도 답하지 않았다. 내가 마지막으로 부모에게 바란 것은 정직함이었다. 하지만 그들은 답하지 않았다. 그 후로 나는 그들에게 아무것도 바라는 것이 없게 되었다. 하지만 내가 태어나서 본 것들을 생각하면 태어난 것이 좋기도 하다. 나는 가족을 떠난 뒤로 높은 산에 오르고 깊은 바다를 헤엄치고 먼 나라를 여행했다. 누가 나를 세상에 태어나게 했지? 엄마가 그랬지. 아빠하고 그랬지. 그것만큼은 고맙게 생각하고 있다. 다른 누구도 해줄 수 없는 것을 내게 주었으니. 하지만 거기까지. 나는 여전히 그들이 보고 싶지 않다.

●

얼마나 시간이 지나야 엄마가 보고 싶어질까? 얼마나 시간이 지나야 아무렇지 않게 아빠를 볼 수 있게 될까? 마음의 준비가 되기 전에 그들이 먼저 죽으면 어떡하지? 나는 때때로 그것이 무섭다.

•

그런가 하면 빨리 죽어버렸으면 하는 사람도 있다. 나를 두고 많은 사람들에게 보란 듯이 거짓말한 사람들. 빨리 죽지 않을 바에는 삶에 대해 무감한 채로 아주 느리게 죽어갔으면 좋겠다. 그러나 나 말고 다른 사람을 더 괴롭히지는 말고.

●

엄마에게.

엄마가 매일 나를 위해 기도하고 있다는 것을 알고 있어. 엄마의 신이 엄마의 이야기를 들어주길 바라고 있어. 엄마가 너무 외롭지 않도록. 너무 오래 혼자서 말하지 않도록. 하지만 엄마가 오랫동안 혼자서 이야기해온 것을 나는 알고 있어.

엄마, 한 번뿐인 순간들이 흘러간다. 엄마는 많은 순간들을 함부로 사용하고서 지금은 혼자 울고 있잖아. 나는 남에게 나쁜 말을 하고 싶지 않아. 그러나 내가 증오에 차서 나쁜 말들을 쏟아낼 때 엄마도 나도 같은 사람이라는 것을 생각하곤 했어. 사람은 다 그렇구나 하고 생각했는데, 세상에 그렇지 않은 사람도 있을까? 한 번도 남에게 나쁜 말을 하지 않고 누구도 때리지 않고 상처 주지 않는 사람이 세상에 있을까? 있었으면 좋겠다. 그냥 어딘가에 아무도 모르게 있었으면 좋겠네.

엄마는 알고 있어? 내가 오랫동안 비참하고 슬픔 속에 있었다는 것을. 하지만 지금은 괜찮아. 나는 내가 가지고 싶은 것을 가졌고 더 이상 그것을 빼앗길까 봐 걱정하지 않아. 집에 오면 그것이 없을까 봐 걱정하지 않아. 자다가 갑자기 맞을까 봐 걱정하지 않아. 하지만 그때의 일들은 여전히 또렷하게 기억하고 있어. 엄마는 왜 그런 일들을 기억하고 있냐고 그만 잊어버리라고 했지만 부러 잊지 않는 것이 아니야. 기억은 생겨난 그대로 거기에 있을 뿐이야. 내가 억지로 붙잡고 있는 것도 지워버릴 수 있는 것이 아니야. 나는 엄마가 그 시절의 일들을 감당할 수 있도록 엄마 나름대로 바꾸어도 좋다고 생각해. 그렇게 하지 않으면 사는 게 너무 힘들 테니까.

내가 있어서 많이 힘들었지? 신이 없이는 버틸 수 없었지? 지금은 그때보다 사는 일이 수월했으면 해. 나도 없고 아빠도 돌아왔으니.

엄마와 서로의 삶을 나누며 가까이 살아갈 수 없게 된 것은 나도 슬플 때가 있어. 행복하게 살고 싶어서 안간힘을 썼어. 엄마를 떠나서 겨우 행복해진 딸의 삶을 엄마가 알게 될 날이 올까?

엄마에게 내가 있어서 좋았던 날들, 힘들었던 날들을 나는 알고 있어.

엄마도 언젠가는 엄마가 없어서 행복해진 나의 삶을 알게 되길 바라.

千住博

●

세상에는 가족을 떠나야 하는 사람들이 있다. 가족을 떠나 안전한 삶을 찾는 사람들이 불행하게 살고 있다는 것을 세상은 알면서도 내버려둔다. 세상에는 전쟁이 있고 폭력이 있고 가난이 있다. 세상은 전쟁을 만들고 사람은 폭력을 만들고 가난은 저절로 생겨났다.

나는 어린 시절에 부모의 보살핌을 받는 또래 아이들을 미워했다. 단지 그들이 가진 것을 내가 절대로 가질 수 없다는 것 때문에 증오했다. 그러면서 그들 앞에서는 아닌 척했다.

어떤 아이는 내가 자기를 미워하는 것을 알았을 것이다. 어떤 아이는 내가 자기를 증오하는 것을 알았을 것이다. 그러면서 내 앞에서는 모른 척했을 것이다. 다시 그 시절로 돌아간다면 말하고 싶다.

친구야. 너는 엄마가 다정해서 좋겠다.

친구야. 너는 아빠가 매일 집에 와서 좋겠다.

그러면 친구는 나에게 무슨 말을 해줄까?

●

간혹 대안학교에 다니는 십 대 아이들과 만나는 자리가 생기는데 그러면 나는 꼭 이야기한다. 자식을 보살펴줄 수 있는 부모를 만난 것은 노력으로 얻은 것이 아니다. 그것은 그저 주어진 행운이다. 행운은 모두에게 주어지는 것이 아니다.

쉼터에서 지내는 아이들은 내게 말했다. 선생님, 저희는 그냥 저절로 죽었으면 좋겠어요. 여기 아이들은 모두 그래요.

선생님도 그래. 가끔은 자다가 죽었으면 좋겠어.

맞아요. 다음 날 깨어나지 않았으면 좋겠어요.

내일 깨어나지 않는다면 지금 뭘 하고 싶어?

아무것도 안 할래요.

•

추신.

그런 다음 나도 세상을 떠날게.

거짓의 조금

초판 1쇄 발행 2021년 7월 23일
초판 4쇄 발행 2023년 6월 5일

지은이 유진목
발행인 고석현

발행처 (주)한올엠앤씨
등록 2011년 5월 14일

주소 경기도 파주시 심학산로 12, 4층
전화 031-839-6805(마케팅), 031-839-6814(편집)
팩스 031-839-6828
이메일 booksonwed@gmail.com

• 책읽는수요일, 라이프맵, 비즈니스맵, 생각연구소, 지식갤러리, 스타일북스는 ㈜한올엠앤씨의 브랜드입니다.